Cornelia Jardon

Die Frau und Bebels Utopien

Cornelia Jardon

Die Frau und Bebels Utopien

ISBN/EAN: 9783743375161

Hergestellt in Europa, USA, Kanada, Australien, Japan

Cover: Foto ©Raphael Reischuk / pixelio.de

Manufactured and distributed by brebook publishing software (www.brebook.com)

Cornelia Jardon

Die Frau und Bebels Utopien

Die Frau

und

Bebels Utopien

von

Cornelia Jardon.

Minden i. Westf.
In Commission bei J. C. C. Bruns' Verlag.
1892.

Gedruckt bei J. C. C. Bruns.

Vorwort.

Ausführlich müßte der Titel dieses Schriftchens lauten: „Die wahre soziale Bedeutung der Frau und ihr eigentlicher Wirkungskreis im Vergleich zu Bebel's Utopien und den modernen Emanzipationsbestrebungen."

Bebel's Schrift, die Frau und der Sozialismus, birgt trotz ihrer Verherrlichung der sozialistischen Ideen keine direkte staatliche Gefahr in sich und ist demzufolge vor Kurzem freigegeben worden. — Für die Wissenden und Vernünftigen ist das Buch sehr interessant, eine Studie à la Bellamy, mit vielen Rückblicken auf das graue Alterthum und fleißig zusammengetragenen statistischen Daten der Gegenwart, freilich durchaus nicht objektiv gehalten. Aber diese Blätter bergen ein schweres Gift in sich für die Mehrzahl unserer halb über- oder ungebildeten Frauen.

Bebel weiß so geschickt seine Köder zu werfen, seine Versprechungen sind so viel verheißend, daß es kaum zu bezweifeln ist — er wird unter den Leserinnen seines Buches viele Anhängerinnen erwerben.

IV

Einestheils habe ich mich gefreut, zu sehen, daß Bebel die Bedeutung der Frauen richtig erkannte; er glaubt, in ihnen die wirksamsten Verbündeten zu gewinnen! Warum? Weil die Frauen bisher den größten Einfluß auf die Kindererziehung hatten oder doch haben konnten — freilich, sie nützten diese Macht sehr wenig!

Aber der Pferdefuß schaut durch; — erst sollen sie ihm mit ihrer Energie, ihrem frisch erwachten Thatendrang helfen, die jetzige staatliche Ordnung hinfällig und verschwinden zu machen und hernach — nimmt er ihnen — natürlich in bester Absicht und mit den schmeichelhaftesten Wendungen, daß diese Last ihren geistigen Heldenthaten hinderlich sei — ihr höchstes Gut, ihre kaum geborenen Säuglinge und läßt sie von der Gesellschaft — von fremden, kalten Menschen erziehen. Gegen solche Zumuthung muß sich jedes Mutterherz aufbäumen! — Alle zarten Bande werden zerrissen, kalt und lieblos wächst der Mensch auf und bleibt's, so lange er lebt. Mutter=, Kindes=, Gattenliebe, alles verschwindet und was bleibt? Der krasse, durch nichts gemilderte Egoismus.

Ich habe in Folgendem versucht, die wahre Bedeutung der so prunkhaft vorangetragenen Fahne: „Die Frau und der Sozialismus" klarzustellen und glaube, ein Blick genügt, den Abgrund zu erkennen, der hinter diesem sozialistischen Feldzeichen gähnt.

Wohl Niemand, der das Bebel'sche Buch: „Die Frau und der Sozialismus" gelesen, wird sich der Ansicht verschließen können, daß die Lösung der sozialen Wirren in diesem Sinne eine große Revolution bedeute. — Gesetzt den Fall, all die dort aufgestellten Thesen wären der Völkerbeglückung förderlich, dienten in ihrer Ausführung wirklich der Menschheit zum Heil, so möchte ich doch in Folgendem zeigen, daß diese große Revolution zum Schlusse durch eine höhere Macht gerade so erdrückt und zu nichte gemacht würde, wie dies schon mehrfach im Kleinen geschehen. — Und zwar ist es die Natur selbst, die sich gegen gänzliche Gleichheit der Frau mit den Pflichten und Rechten des Mannes auflehnt.

Die Natur hat das Weib nun einmal zum Dulden und Leiden bestimmt, es ist in Folge seiner geschlechtlichen Eigenschaften vielfach geschwächt und wenn ihm auch im Allgemeinen Ausdauer und Körperkraft nicht fehlen, doch nicht jederzeit in der Lage, dem Manne gleich zu schaffen und zu arbeiten. In dieser Verfassung ist es auf den Schutz des Mannes angewiesen und auf seine thatkräftige Hülfe. Wozu nun diesen Freibrief vernichten und sich zu den körperlichen Leiden noch erneute Arbeitslast und neue Pflichten aufhalsen. — Was wird dadurch gebessert? — Elend und Leiden wird es immer geben, so lange es Menschen giebt; was auf der einen Seite besser wird, verschlimmert sich auf der anderen. Ist aber jetzt nur ein Theil der Frauen elend in Folge von Unfreiheit und Unterdrückung, so würden sie es später Alle sein eben in Folge der von ihnen erlangten, unumschränkten

Rechte. — Ein Vergleich mit der Sklavenbefreiung ist ganz ausgeschlossen; das war eine menschlich edle Forderung und verstieß nicht gegen die Natur; die Durchführung der Frauenemanzipation aber im Bebel'schen Sinne und die mit ihr erträumte Lösung der sozialen Uebel ist ein Unding, weil sie den einfachen Naturgesetzen zuwiderläuft. Die Liebe in jeder Form wird gebannt, im Keime erstickt und an ihre Stelle träte starrer, krasser Egoismus. Da nützt nicht die Lockspeise des Ehrgeizes, — der Enthebung der Kindererziehung, — der freien Liebe! Betrachten wir diese verheißenen Güter nur näher und sehen zu, wohin die Erreichung dieser Ziele führt.

Der Begriff Glück könnte für die Frau nicht mehr bestehen; denn gerade das, womit sie Glück empfindet und Glück spendet, ihr Herz, würde so verödet, daß sie auf die Dauer zu einem empfindungslosen Wesen herabsänke. Wahre Befriedigung des Herzens fände Niemand mehr, ja, suchte sie nicht einmal, denn Jeder brauchte nur noch für sein eigenes liebes Ich zu sorgen, die sozialistische Gemeinwirthschaft würde ja Allen die Familie ersetzen. —

Würde dies Leben der Natur — dem Wesen der Frau entsprechen? — Niemals! — Sie würde sich trotz ihrer vielfachen, neu errungenen Rechte unbefriedigt, vereinsamt, unglücklich fühlen. Die Frau bedarf der Anlehnung, mögen Einzelne noch so sehr auf ihre Selbstgenügsamkeit und ihre Stärke pochen. Tief im Innern sehnen sie sich nach kraft- und liebevoller Leitung. — Und wie wär's mit der Liebe? — Stürbe die ganz aus? — O nein! Jetzt gäbe es freie Liebe!

Das klingt recht verlockend, steht aber in Wirklichkeit etwas weniger triumphirend aus; denn was thut die Liebe? Sie zwingt die Frau unter die Herrschaft des Mannes! Das sind Naturgesetze, daran läßt sich nicht rütteln, trotz sozialen und Emanzipationsgelüsten. — Wie tief würde da die Frau sinken!

Jetzt erhebt die Liebe sie zu dem Geliebten, ihrem Herrn, dann aber, wenn sie ihm in jeder Weise gleich stünde, wäre es eine bodenlose Schwäche, eine Erniedrigung, sich von diesem Gleichstehenden besiegen — unterjochen zu lassen, und dies wäre eine unzweifelhafte Folge selbst der freiesten Liebe — es liegt in der Natur der Sache. Freilich, heute ist in der Beziehung auch vieles faul und schlecht; jetzt zwingt nicht nur die Liebe, sondern gar oft der Geldsack die Frau unter den Willen des Mannes, das würde studirten, fleißigen und thatkräftigen Frauen für die Folge nicht passiren, sie würden selbst verdienen und dadurch unabhängig sein, bis eben die Liebe sie übermannte.

Man hofft unter diesen Umständen besonders eine Hebung der sittlichen Verhältnisse!? — glaubt die Prostitution vertilgt! — Ich glaube das Gegentheil. —

Kluge Frauen würden sich lange besinnen, bevor sie sich zu einem Akt entschlössen, der sie körperlich und finanziell gleich schwer schädigte und, soviel Berechtigung auch der Ausspruch sonst hat: „Schwachheit, dein Name ist Weib" — so glaube ich, daß nach den vorhandenen Erfahrungen die Frauen ihren Vortheil genau zu wahren wüßten, sobald sie nur erst wirklich selbstständig und vollkommen Herrinnen ihrer selbst wären.

Warum denn jetzt die Sehnsucht nach der freien Liebe? Doch einzig, weil man sich auf der einen Seite erkältet, nicht befriedigt, vielleicht durch Rauheit abgestoßen fühlt.

Als Frau nach den jetzigen Rechtsbegriffen „muß" man — und der Mann hat noch obendrein das Recht, roh und ungezogen zu sein; die Frau ist solchem Treiben gegenüber rechtlich machtlos. Der Liebhaber dagegen ist liebenswürdig und zärtlich auf's Aeußerste, giebt sich Mühe, es zu sein, weil er im anderen Falle die Geliebte zu verlieren fürchtet. — Da sitzt der Haken. — Zudem schmeckt gerade verbotene Frucht am Süßesten. Würde dies aber in der neuen Gesellschaftsordnung nach Bebel so bleiben? Was brauchten die lieblos und ohne Liebesbedürfniß aufgezogenen Männer dann zu fürchten? Sie suchten die pure Befriedigung ihrer Sinnenlust heute hier, morgen dort bei möglichst untergeordneten

Vertreterinnen des weiblichen Geschlechts, die Studirten wären ihnen geistig wohl manchmal zu sehr über und, wenn auch nur auf Stunden, unbequem, und mit diesen gewöhnlichen Weibern machte man eben, was man wollte. — Wäre dies etwa keine Prostitution?

Wie aber würde von Männern und Frauen hernach eine der geistigen oberen Zehntausend (es gäbe doch Rangunterschiede, wenn auch nur geistig) angesehen, die sich plötzlich auch als Weib fühlte und dem Manne hingäbe? Wie würde Alles spotten und die dumme Person verurtheilen, die die Pflichten gegen ihre geistige Stellung so verkennen könnte. Sie würde schlimmer gebrandmarkt, wie jetzt ein armes, gefallenes Mädchen, das das harte Nein der Eltern zu dieser heimlichen Vereinigung mit dem Geliebten getrieben. Dann gäbe es freilich keine Eltern, aber eine um so schärfere öffentliche Meinung; die ist nicht zu beseitigen so lange es Menschen giebt, und sie würde eine um so größere Macht erlangen, als sie das Einzige wäre, vor dessen Urtheil sich der Einzelne zu hüten und zu fürchten hätte.

Die Männer, die dieser schroffen Emanzipationsbewegung jetzt das Wort reden, machen sich die Tragweite auf die Dauer nicht klar, ahnen nicht, daß ihnen das Schicksal des Zauberlehrlings blühen könne, sind sich dabei keiner Gefahr bewußt, weil sie die Frauen unterschätzen, sie nach der Tradition für zu schwach und zu beschränkt halten. Daß es den Frauen nicht an Kraft und Geist fehlt, auch auf dem Gebiete der Kunst und Gelehrsamkeit, ja, selbst Tapferkeit Vorzügliches zu leisten, ist durch viele bekannte und wohl Jedem geläufige Beispiele erhärtet. Aber es geht nach dem Sprichworte: „Niemand kann zween Herren dienen." Keine dieser sonst so hervorragenden Frauen war zugleich eine vorzügliche Mutter, und das ist das Erste, was man füglicher Weise von einer Frau verlangen könnte, denn es ist das Natürlichste, sobald sie den Willen zum Leben bejaht hat, wie Schopenhauer sagt. Als ob das so einfach wäre, so selbstverständlich! Soweit die Natur in Betracht kommt, ist diese selbst Lehrmeisterin und Künstlerin zugleich, da richtet der Mensch durch seine Einmischung nur unberechenbaren Schaden an; aber hernach, sobald das große Naturwerk vollendet, da tritt der Mensch mit seinem Wissen ein, zum Unterschiede vom Thier. Ja, aber was weiß in der Regel eine junge Mutter von ihren Pflichten und der Erziehung des ihr anvertrauten Gutes? — Gar nichts! Alles andere wird studirt, gelernt, als ob die Seligkeit davon abhinge, aber beim Wichtigsten und Höchsten der Auf- und Erziehung der kommenden Generation tappen wir alle bewußter Maßen im Dunklen. — Wer kennt nicht den entsetzlichen Ausspruch: „Das erste Kind ist das Versuchskind!" — Ebenso körperlich wie geistig. Wie viel wird da gesündigt und verdorben aus Dummheit und Unwissenheit. Da kann man wohl auch nur seine Hände in Unschuld waschen und sagen: „O Herr, vergieb ihnen, denn sie wissen nicht was sie thun." — Nein, tausendmal nein! Man kann viel mehr thun, den unglücklichen, sich selbst vernichtenden Frauen die Augen öffnen und ihnen zeigen, wo es ihnen in Wahrheit am Wissen mangelt. Zur guten, alten Zeit ließ man wenigstens die Töchter körperlich ausreifen, das heißt, man gestattete die Heirath nicht vor dem 25. Jahre. Ja, damals gab's noch Eltern, die sich die Autorität zu wahren wußten, deren Gebot geachtet wurde. Jetzt ist's umgekehrt, die armen, verblendeten Eltern sehen mit Ehrfurcht und Grauen zu ihren überstudirten Sprößlingen auf, deren Willen sie sich in jeder Art fügen. Die oberflächliche Bildung macht allgemein bekannt, daß die Ehen im Orient mit 14 Jahren oder noch früher nichts Außergewöhnliches sind, man hält es nicht für nothwendig sich weiter zu unterrichten, daß die glühende Sonne des Südens die Frühreife hervorbringt, noch beachtet man den Nachsatz, daß diese kindlichen Frauen in kurzer Zeit zu alten, häßlichen Matronen werden, trotz ihres geringen Alters. — Man ist geistig früh reif, und der

Körper muß einfach mit; jetzt hält man hier 16, 17, 18 Jahr für die einzig richtige Zeit zum Heirathen. Ein Mädchen, das älter wird, ohne versorgt zu sein, sieht man über die Achsel an. — Nun sage eine Mutter solch früh= reifem Ding: „Du bist noch zu jung"; es lacht sie einfach aus, Dank der zur Emanzipation hinneigenden Erziehung. Lehrt sie aber das Warum und ihr werdet aufmerksamere Zuhörerinnen finden und auch überzeugen. Fürchtet Euch nicht, ihr Mütter, den jungen Mädchen offen die Wahrheit zu sagen; sie naschen in der Schule ja doch von Anatomie und derlei Wissenschaften, sprecht offen mit ihnen darüber. Freilich, um dies zu können müßt ihr wissen, selbst gelernt haben (ich komme noch später auf die Nothwendigkeit zurück), sagt ihnen, wie sehr dies vorzeitige Naschen vom Baume der Erkenntniß den noch nicht ausgewachsenen Körper schädigt, daß sie so nur im Stande seien, ein schwächliches, kränkliches Geschlecht zur Welt zu bringen, daß es nur in seltenen Fällen gelinge, die eigene Gesundheit nach diesen vorzeitigen Schwächungen wieder hochzubringen und macht sie auf die vielen nervösen und kränklichen Frauen aufmerksam, die ihren frühreifen Fürwitz mit ihrer eigenen und ihrer Kinder Gesundheit bezahlten. Ferner lehrt sie erkennen, daß das Glück der Ehe nicht im bloßen Sinnenrausche liege, lehrt sie Gemüthstiefe und wahre Herzensgüte allen anderen Vor= zügen voransetzen, so löst ihr in Wahrheit ein großes Stück des sozialen Elends. — Erzählt weiter diesem sorglosen Schmetterling von der eigenen Jugend, von all den schlaf= losen, angstvoll um seinetwillen durchwachten Nächten — wie mit der Hingabe nicht alles gethan sei, daß dann erst die Last und Mühe für die Frau folge und so fort und fort; wie die große Jugend ihr in jeder Hinsicht ein Hinderniß sei, da es ihr sowohl an körperlicher, wie geistiger Kraft mangle, ihren vielseitigen Pflichten nachzukommen. Ja, daß sie die Süße derselben in Folge ihrer Schwäche nie empfin= den lerne, sondern unter ihrer Last zusammenbrechen und sich unglücklich fühlen werde und später, wenn die Zeit ihrer wirklichen Blüthe gekommen, sie eine Ruine, ein armes, verkümmertes Weib sei, daß sein unreifes Verlangen durch körperliches und geistiges Siechthum büße. Haltet ihnen dagegen die Antwort der Frau des Leonidas an eine Fremde vor, als diese bewundernd sagt: „Ihr Lacedämonierinnen seid die einzigen Frauen, die über ihre Männer herrschen." Die stolze Erwiederung war: „Wir sind auch die einzigen Frauen, die Männer zur Welt bringen." Lehrt die jungen Mädchen darüber nachdenken! — Ja, wer lehrt das? — Im Gegentheil, nur der möglichst frühe Männerfang wird gelehrt, und die Folgen sind Jedem sichtbar, und um sie wegzuschaffen, soll jetzt studirt werden. Das soll helfen. Ich kann's unter den geschilderten und augenblicklich bestehenden Umständen den Männern wirklich nicht verdenken, wenn sie sich vor der Ehe fürchten, ja, das Heirathen ganz aufgeben, und das Studium wird sie sicher nicht bekehren. Darum auch beseitigt Bebel gleich ganz die Ehe. Durch diese neuerliche Studierwuth wird das Uebel statt kleiner, unheimlich größer; denn man entzieht die Frau so ihrem eigensten Wirkungskreise, ihrer edelsten Bestimmung und Beschäftigung, der Erziehung, der Pflege und Sorge um ihre Kinder. Gerade dies Verkennen ihres wahren Wirkungskreises hat uns alle die jetzt so fühlbaren Uebelstände gebracht. Nicht, daß ich der Ansicht wäre, die Frauen von jedem Streben und Wissen abzuhalten*). O nein, lernt so viel ihr nur wollt und könnt, aber lernt für eure Kinder, um ihnen davon mitzutheilen, sie zu klugen und tüchtigen Menschen zu erziehen, nicht um eurer Eigenliebe zu schmeicheln und euch vor der Menge als Rednerinnen breit zu machen. Glaubt mir, Schwestern, dies Letztere fördert unsere Sache nicht, im

---

*) Frauenärztinnen sind von dieser ganzen Polemik ausgeschlossen, das ist eine Sache für sich. Keine Regel ohne Ausnahme, da sprechen andere Motive mit, und ich habe selbst mit vollster Ueberzeugung die Petition an den Reichstag unterzeichnet.

Gegentheil, es schädigt sie in vieler Richtung. Da wird hinausgegangen und gesprochen, es findet sich eine große Schaar Zuhörerinnen; ihr beleuchtet die vorhandenen Mängel und Schäden aufs Schärfste, und was ist das Ergebniß dieser Feuerrede? — Derweil sitzen viel Hunderte von Kindern zu Hause, denen ihr nicht nur auf die paar Stunden eures Vortrages die Mutter geraubt, sondern sie ihnen dauernd entfremdet. — Sie jagt jetzt draußen dem Glücke nach, fühlt sich ganz erfüllt von ihrer Mission, für die gute Sache mitzustreiten, und die Kinder harren vergebens ihres Trostes, ihrer Liebe. — Sie hat jetzt Größeres, Höheres zu thun, als sich mit heulenden Kindern abzuplagen; sie kämpft für neue Rechte ihres Geschlechtes, was gelten da noch die alten Pflichten? — Arme Kinder! — Verblendete Mutter! — Draußen jagt sie einem trügerischen Phantom nach, während sie Ruhe, Glück und Frieden im eigenen Hause stört, ja, mehr als das, nicht nur für den Augenblick, sondern auch für die Lebenszeit ihrer Kinder.

Kann eine Frau wohl Größeres thun, als fünf bis sechs Menschen im Durchschnitt **glücklich machen**; ist das nicht das schönste Ziel, das man erstreben kann? Nun gut, dann bleibt zu Hause und legt in die Herzen eurer Kinder die Liebe, die sorgende, allbarmherzige, erzieht sie zu thatkräftigen, frohen Menschen, und ihr leistet durch dies friedvolle, echt weibliche Wirken in der Kinderstube der Nachwelt mehr, als wenn ihr drei Professorenstühle zugleich erringen würdet, oder gar das Perpetuum mobile erfändet.

Was ist denn der Endzweck der Emanzipationsströmung? Ich denke, Ruhe und Frieden; man will der Frau das harte Joch der willkürlichen Herrschaft des Mannes abnehmen. — Zum Schlusse aber beugt sich jede Frau doch wieder in Liebe. Nun, so erzieht doch eure Söhne statt zu egoistischen Tyrannen, zu guten, edlen Menschen; lehrt sie in Wort und That euch selbst achten und ehren, sowie zart und liebreich mit ihren Schwestern umgehen, dann werden sie hernach auch nicht roh und ungebührlich gegen ihre Frauen sein. Und eure Töchter erzieht zu werkthätiger Liebe, zu Demuth und Fleiß, dann sind schon eure Nachkommen ein beneidenswerthes Geschlecht.

Tausend Worte nützen nicht soviel, wie ein gutes, werkthätiges Beispiel.

Gleichviel wie wir eine bessere Zukunft erstreben, wir selbst erleben sie doch nicht mehr; nur unsern Nachkommen kann dies Mühen Früchte bringen. Seien wir daher bedacht, wenn wir uns einmal zu dem Edelmuthe aufgeschwungen haben, für die schöne Zukunft zu kämpfen, daß wir unsere Kinder nicht in diesen Kampf verwickeln.

Wir Frauen sind wirklich diejenigen, in deren Händen die Zukunft liegt, und es giebt zwei Wege, die wir zur Erreichung unserer Ziele, als da sind Frieden und Glück, beschreiten können. Der eine ist offener Krieg gegen die bestehenden Satzungen, der ja schon tapfer eingeleitet ist, — der andere, die stetige, friedvolle Lösung der brennenden Frage im eignen Heim durch unsere Kinder, indem wir die alles ausgleichende, beseeligende Liebe in ihre Herzchen pflanzen und zum starken, allen Stürmen des Lebens machtvoll trotzenden Baume aufziehen.

Wie können wir nur noch größeren Antheil, größere Rechte an der Lösung der augenblicklichen Wirren verlangen, ist doch die Grundlage der Erziehung unseren Händen anvertraut, und da ist unendlich viel zu erreichen, wenn wir es nur recht anfangen und mit Lust und Liebe und Ausdauer zur Sache stehn. Und sehen wir die Sache in Bezug auf ihre Wirksamkeit an, so müssen wir doch einsehen, daß der Ausgang eines Krieges immer zweifelhaft bleibt, und selbst der Sieger noch lange die schlimmen Nachwehen des Kampfes spürt, wohingegen, wenn wir die fünf bis sechs Jahre, wo die Kinder unser unbestrittenes Eigenthum sind, recht benützen, wir einen unverrückbaren Grundstein zu deren Lebensglück und dem ihrer Nachkommen legen können. Man wende nicht ein, die Welt und die spätere Erziehung draußen nähme doch alles wieder weg. — Nichts haftet fester wie Jugendeindrücke, und weiter liegt es ja nur an euch selbst, eurem **Willen** und **Können**; heftet die Kinder mit tausend und aber tausend kleinen Liebesbeweisen an euch. Ein Kindergemüth bedarf dessen und ist später grenzenlos dankbar dafür.

Statt dessen wird Vergnügen nachgejagt, man denkt nur an sich; am Morgen ist man müde und matt, man kann kein Kindergeschrei vertragen, — wozu auch? Fremde Hände ziehen die Kleinen an und führen sie fort aus dem lieblosen, kalten Heim in den Kindergarten! — Eine prächtige Erfindung das, für unsere verschrobenen häuslichen Zustände. —

Unterdessen ruht die Mutter — nach der instinktiv das Kinderherz sich sehnt, verlangt — auf der Chaiselongue und liest die neuesten Romane. Der Gatte, das Kind kommen zur Essenszeit nach Hause — keine herzliche, warme Liebe empfängt sie! Die Gattin und Mutter empfindet es unliebsam, in ihren Träumereien und durch die Lektüre herauf beschworenen phantastischen Bildern gestört zu sein. Die Wirklichkeit erscheint ihr so nüchtern, und sie selbst ist so kalt, so unnahbar, daß das Zusammensein recht frostig wird, und Jeder sich freut, wenn es beendet ist. Gemeinsame Interessen giebt's nicht, jeder denkt für sich — Geschäft, Romane, Kindergarten — und nur an sich. Die schüchternen Versuche der Kleinen, die kurze Zeit des Beisammenseins zum Anschmiegen und Plaudern zu benutzen, werden schroff zurückgewiesen — und im Alter — da wird geklagt über die Kälte und Pietätlosigkeit der Jugend! — Ja, habt ihr denn, da es Zeit war, das Feuer der Liebe in den Kinderherzen entzündet, es genährt und zur lebendigen, hellen Flamme angefacht!? Nein, ihr habt nur an euch gedacht, seid Egoisten gewesen durch und durch und wundert euch, daß eure Kinder ebenso geworden! — Ihr seid ihnen doch mit solch klarem

Beispiele vorangegangen. — Ihr habt keinen Grund zur Klage gegen Andere, am wenigsten gegen eure armen Kinder, sie leiden schwer genug durch eure lieblose Selbstsucht. — Nur ihr selbst seid zu beklagen! Was habt ihr nun von euren phantastischen Duseleien, vom Beifall der Menge? Ihr seid vergessen und ihr verlangt jetzt Erndte, wo ihr nicht gesäet; wollt Liebe von euren Kindern, die ihr nie gelehrt, was Liebe ist! — Diese Ausführungen passen nur für die besitzenden Klassen! — Wohl. — Arbeiten muß jede echte, rechte Frau von früh bis spät, ob hoch, ob niedrig gestellt, will sie ihre Pflichten voll und ganz erfüllen. — Warum aber wird die Arbeit des Hauses so zurückgesetzt, warum arbeiten so viele Frauen in Fabriken und sonst außer dem Hause? — Um ihre Kinder vor Hunger zu schützen, das Erwerben des Lebensunterhaltes dem Manne zu erleichtern? In den wenigsten Fällen! Nein, in der Regel aus Egoismus, aus Hochmuth, man will dies und das, was die Nachbarn haben, auch für sich anschaffen und vor allem sollen die Kinder eine höhere Schule besuchen, mehr werden wie die Eltern. — Und was ist das Resultat dieses hochmüthigen Strebens? Statt glücklicher, zufriedener Menschen, die in bescheidenem Kreise Gediegenes und Gutes in ihrem Fache leisten, entsteht diese Sorte der Halbgebildeten, die sich für den Beruf des Handwerkers zu gut, zu groß dünken und die ihre Eltern als tief in der Bildung unter ihnen stehend, als unwissend; ihrer nicht würdig verachten. — Dafür haben dann diese sich gemüht, das ist der Lohn für ihr Darben und Quälen.

Warum giebt's heut zu Tage keinen geschickten, ordentlichen Handwerker mehr? Weil die Leute dieses Standes, selbst Stümper, sich ihrer Arbeit schämen, ihren Kindern vorreden, sie müßten etwas Größeres, Vornehmeres werden, und jeder halbwegs helle Kopf höhere, über den Stand der Eltern weit hinausragende Schulen besucht, als ob dadurch das Glück der Kinder begründet würde. „Handwerk hat einen goldenen Boden" — noch immer, trotz aller Maschinen; aber wie wenig fähige Handwerker giebt es heut zu Tage, sie scheinen fast ausgestorben. Und wo finden wir sie wieder — meist als Hauptschreier und Anführer der Sozialdemokraten, beschäftigt, die bis dahin ruhigen Arbeiter aufzustacheln und ihnen das Gift ihrer unverdauten Gelehrsamkeit einzuimpfen. Das ist der Heerd der Sozialdemokratie! —

Wissen heißt leiden, unzureichendes Wissen aber ist doppeltes Leiden — ein großes Unglück und der unversiegbare Born der Unzufriedenheit und der Mißgunst.

Wie anders ein talentvoller Handwerker, oder sonstiger Arbeiter, der in seinem Fache Hervorragendes, Tüchtiges leistet! Er fühlt sich zufrieden, beglückt, erhaben über seine Umgebung und ist doch vertraut mit ihr, befindet sich wohl darin. — Es ist gleichviel, was man thut und sei es das Niedrigste; sobald man es vollendet leistet, steigt man in der Achtung aller Menschen, steht groß da, und selbst fühlt man sich befriedigt und froh im Bewußtsein, seinen Platz voll und ganz auszufüllen. Da ist Ruhe, Glück und Frieden und Wohlbehagen. — Weil aber der Hochmuthsteufel in die Menge gefahren und sie sich einbildet, nur immer einer es dem andern zuvorthun zu müssen, darum ist Unzufriedenheit und Geldmangel am Platze. — Und längst sind es nicht immer so edle Motive, wie, die Kinder vorwärts bringen zu wollen, die zu rastlosem Verdienen seitens der Frauen drängen; oft ist es nur Putz- und Vergnügungssucht. Dazwischen giebt es wohl in jeder Sphäre Frauen, die, den größten Helden gleich zu achten, den harten Kampf um's Dasein mit einer Opferwilligkeit und Hingebung ausfechten, der zu hoher Bewunderung hinreißt. — Aber diese festen, starken Naturen, gestählt durch die harte Nothwendigkeit, sind trotzdem ihren Kindern die besten und edelsten Mütter; es kommt eben alles auf den Grundgedanken, das Motiv an, warum etwas geschieht. Die Einen arbeiten, um sich putzen und amüsiren zu können, da sind die Kinder verwaist, sich selbst überlassen, die Andern sorgen nur in Treue für ihren Unterhalt, und weil ihre Gedanken nur auf das Wohl ihrer Nachkommen gerichtet sind, wissen sie die kurze Zeit des Zusammenseins, die ihnen die Arbeit übrig läßt, auf's liebevollste und segensreichste für die seelische Ausbildung ihrer Sprößlinge zu nützen. — Nicht die heutigen gesellschaftlichen Einrichtungen sind verkehrt — wie Bebel doch in der Einleitung seines Buches behauptet — sondern die Gesellschaft ist es, weil jeder Einzelne Egoist ist, und in dieser Richtung bedeutet das Bebel'sche Buch einen natürlichen Fortschritt, leider aber auf dem breiten, abschüssigen Wege, der in's Verderben führt. Und treiben wir weiter auf dieser Bahn, so rennen wir Alle in's Unglück, Männer und Frauen zugleich. Denn den Egoismus großziehen, — (d. h. den falschen, denn egoistisch ist jeder Mensch — nichts geschieht ohne Egoismus) — systematisch jeden Einzelnen isoliren, nur für sich selbst bedacht, von Niemandem abhängig, für Niemanden sorgend, dabei geht die Menschheit zu Grunde.

Die Stellung und Behandlung der Frau ist in mancher Hinsicht eine recht beklagenswerthe; dabei fällt ihr zum größten Theil die Hauptlast des Lebens zu. Nun giebt sich eine allgemeine Bewegung kund, sie diesem schweren Joche zu entziehen, sie freier zu stellen, höher zu heben. Was aber geschieht zu diesem Zweck? — Man bürdet ihr neue Lasten, neue Pflichten, sogenannte gleiche Rechte mit den Männern auf, und vor allem soll sie studiren! — Bis heran schon klagte man vielfach, daß die Gymnasien überfüllt seien, daß eine Menge sonst kräftiger Knaben im Wachsthum zurückblieben, kurzsichtig 2c. würden, weil sie mit Lernen überanstrengt seien und ihnen hernach nicht einmal die Garantie geboten sei, eine ihren Kenntnissen entsprechende Stellung zu erringen aus Ueberfluß von Angebot. Das giebt eine Menge verfehlter Existenzen; Amerika ist reich an solch in der Jugend mit Wissen überfütterten und hernach in ihren Ansprüchen und Hoffnungen gescheiterten Menschen. Nun sollen auch noch die Mädchen dies geistige Wettlaufen mitmachen, wo die Bahn ohnehin überfüllt ist. Diese Bewegung verbessert nicht ihr Loos, sie verschlimmert es im Gegentheil unheilbar, weil sie vom rechten Wege abführt. —

Faßt doch die Sache beim rechten Ende an. Bebel hat ganz recht; in den Händen der Frauen liegt das Wohl und Wehe der Zukunft. Er weiß ganz gut, warum er sie mit seinen Lockmitteln, als Selbstständigkeit, Unabhängigkeit, freie Liebe ꝛc. zu ködern sucht für seine sozialistischen Ideen. Er traut ihnen die Kraft zu, seinen Bestrebungen förderlich zu sein. Aber der von ihm so bereitwillig gewiesene Weg führt leider nicht zu Glück und Segen für die Zukunft.

Es ist etwas faul im Staate der gesellschaftlichen Ordnung; aber nicht nur auf der einen, sondern auf beiden Seiten. Den Frauen geht es schlecht, nun sollen sie sich umthun. Warum nur sie allein und wie? Der Emanzipationsweg scheint mir total falsch.

Den Männern fehlt es an Liebe und Hochachtung für das weibliche Geschlecht, darum fühlt sich dieses verlassen und in seinen Lebensbedingungen geschädigt. — Nun, ihr Frauen, arbeitet, säet dort, wo ihr selbst ernten könnt! Pflanzt die Liebe in die Herzen eurer Kinder, statt euch diese entreißen und auf Staatskosten — oder — Pardon — Gesellschaftskosten erziehen zu lassen.

Wer wollte unter solchen Aussichten noch Mutter werden, wenn es nicht mehr gestattet wäre, den schwachen, kleinen Wesen all die tausend Liebesdienste zu leisten, die ein Mutterherz mit so freudiger Aufopferung verrichtet.

Solche Gedanken, wie Bebel sie anregt, sind die schlimmsten Feinde der Frauen, sie untergraben total ihre Stellung. Daß es aber Frauen mit diesen Ansichten geben kann, ja, schon gegeben hat, zeigt eben das jetzige Unglück so vieler verheiratheter Frauen, deren Männer in der Jugend zu wenig Liebe seitens ihrer Mütter genossen, ja, diesen göttlich warmen Hauch kaum verspürt haben und nun die ihnen

entgegengebrachte Liebe nicht verstehen, ihrer nicht zu bedürfen
glauben; denen der einfache Sinnenrausch und die taktmäßige
Bewegung des Haushaltes genügt, weil sie eben ohne Liebe
erzogen sind und diese nicht zu begreifen, zu empfinden ver=
mögen. — Nicht mit Studiren und „Sich den Männern gleich=
stellen" wird der Kalamität abgeholfen, nein, lehrt eure Kinder
Liebe und wieder Liebe und Achtung gegen die Eltern, und
ganz vorzüglich die Knaben. — Pflanzt in die Herzen eurer
Knaben die Liebe, gewöhnt sie daran, so sollt ihr einmal
sehen, wie viel weniger Junggesellen es für die Folge giebt;
sie sehnen sich als Männer dann auch nach der weichen, liebe=
vollen Hand der Frau, als Folge des Liebesbedürfnisses, das
die geliebte Mutter in ihnen erweckt und großgezogen.

Erfüllet einmal voll eure Pflichten als Mütter; in
eurer Hand liegt die Zukunft des Menschengeschlechts, an
euch ist es, die künftigen Menschen zu erziehen und das wieder
gut zu machen, was Egoismus, Trägheit und überspannte
Lektüre verdorben. Ueberlaßt eure Kinder nicht fremden,
kalten Händen, — es ist in der Beziehung schon viel gesün=
digt worden, sonst könnte Bebel sich nicht erdreisten, solch
ungeheuerliche Vorschläge zu machen. Auf! Deutsche Frauen,
aus dem verweichlichenden Wohlleben und nervenzerrüttendem
Halbschlaf — man raubt euch eure Kinder, weil ihr sie nicht
selbst bewachen und erziehen wollt! —

Gewiß weist das Gesetz manche ungerechtfertigte Härten
gegen die Frau auf, und es ist ein Heroismus der Einzelnen,
wenn sie ihre ganze Kraft einsetzen, zu beweisen, daß dies
unrechte Härten sind. In der Beziehung wäre für die
Folge manches zu ändern, zu bessern, aber diese einzelnen
Kämpferinnen betrachte ich als Märtyrerinnen für eine gute
Sache, als Ausnahmen, und es wäre die größte Thorheit,
wollten wir alle es ihnen gleich thun. Mag es immerhin
weibliche Heroen geben, gerade so gut wie es weibische, weich=
liche Männer giebt; die Ausnahmestellung darf jedoch nicht
als Norm, als Durchschnitt angenommen werden. Lernt,

studirt so viel wie ihr wollt, Mitschwestern; aber werdet euren Kindern wahre, gute Mütter und bürdet euch nicht Lasten auf, die euch hernach der süßen Freuden des Mutterglücks berauben. Kennt ihr nicht die Worte des Dichters:

„O wie beklag' ich doch den Mann,
Der Mutterliebe nicht fühlen kann!"

Begreift ihr denn nicht, daß ihr in Wahrheit viel vor den Männern voraushabt! Eine Frau kann im Nothfall einen Mann ersetzen; aber niemals der Mann die Frau. — Jetzt wird sie durch ihn beschützt, geachtet, verehrt; hernach als Gleichgestellte hört aber jede Schonung und Rücksichtnahme auf. Schon lange hatte man das Bestreben, die Mädchen irgend etwas lernen zu lassen, das sie hernach im Falle der Noth erfassen könnten, um sich selbst den Lebensunterhalt zu verdienen; das ist ein guter und vernünftiger Standpunkt; denn nicht nur das Weib, auch mancher Mann kommt durch Schicksalsschläge dazu, seinen eigentlichen Beruf mit einer einträglicheren Thätigkeit zu vertauschen. Dabei behalte man aber immer die Hauptaufgabe des Weibes, dessen eigensten Wirkungskreis im Auge — Haus und Kindererziehung. Es giebt weibliche lukrative Beschäftigungen genug, die dazu passen, damit verbunden werden können. — Kann aber eine Frau, die angestellte Advokatin oder Professorin ist, ihren Kindern eine wahre, sorgende und ihre Liebe bethätigende Mutter sein, ohne ihre Stellung, ihre Praxis zu gefährden? Muß sie nicht vor dem — von der echten Frau als höchstes Glück ersehnten Akte bangen, ja, sie schließlich zur völligen Askese bringen, damit nur so etwas nicht eintrete, sie nur nicht in die Verlegenheit komme, Mutter zu werden!

Da wären wir wieder bei dem Hauptlockruf angelangt, den Bebel zur Anpreisung der neuen Gesellschaftsordnung erschallen läßt. Freie Liebe! — Ja wohl, wer von den klugen, gebildeten Frauen würde sich dazu verstehen? Niemand. Sie würden brilliren als Rednerinnen 2c., die freie

Liebe ihren ungelehrten, dümmeren Schwestern überlassen, und diese würden nachgerade auch so klug werden, daß sie einsähen, wie sie bei diesem Akt so sehr den Kürzeren zögen, so sehr sich selbst schwächten, ohne irgend welchen Vortheil davon zu haben — ohne Liebe — ohne die Freude am Gedeihen und Wachsen der Kleinen. — Die Gesellschaft sorgt ja für sie auf Regimentsunkosten! — Die Liebe, die hohe, heilige, erstürbe; es würde kalt und frostig auf der Welt, eine Weile noch würden wohl die Männer dann käuflich einige Dumme sich zu Willen machen, den Mangel des Geldes durch sonst vortheilhafte Versprechungen oder Zuwendungen ersetzend.

Die Prostitution käme wieder zu schönster Blüthe, aber mit ihr welch jämmerliches Geschlecht, weil einzig aus ihr hervorgegangen. Dies wäre der richtigste Weg, das Ende der Menschheit heraufzubeschwören, die sozialistische Gesellschaftsordnung würde dann die Stelle der Philosophie vertreten, nach Art der Worte:

> „Bis das den Lauf der Welt
> Philosophie zusammenhält,
> Regiert das Weltgetriebe
> Der Hunger und die Liebe!"

Da hätten wir ja die gesellschaftliche, allgemeine Stillung des Hungers, und das Bedürfniß der Liebe stürbe aus — mit ihr das Menschengeschlecht, und der von Schopenhauer als die beste Lösung aller Wirren und allen Elendes geschilderte Moment wäre da — Alles mausetodt — das Ergebniß der Verneinung des Willens zum Leben, die praktisch und allgemein durchgeführte Askese! —

Bebel glaubt, alle Menschen gleichstellen zu können. Zunächst wollen wir nur die pekuniäre Seite in's Auge fassen. — Gesetzt den Fall, die ganze Menschheit wäre so geduldig, wie die Hämmel, sich gemeinsam scheeren, d. h. gemeinsam gleichviel Arbeit zudiktiren zu lassen, wer würde sie ausführen? — Die Faulen würden sogleich bestrebt sein, den Fleißigen, Arbeitslustigen durch irgend welchen Entgelt, den sie nöthigenfalls, da sie ja selbst nichts erwerben können, andern wegstehlen, ihren Theil der Arbeit mit aufzubürden, oder einfach sorglos darauf los zu leben. —

Bebel macht sich überhaupt eine sonderbare, sagen wir ideale Idee von diesen Zukunftsmenschen und glaubt wohl, mit den sozialen Uebeln auch alle schlimmen, in der Menschenbrust ruhenden Eigenschaften entfernt zu sehen. — Jetzt plagt und müht sich der Arbeiter, weil er muß, für sich und die Seinen um's tägliche Brot. Wie aber, wenn dieser vornehmlichste Zwang aufhört, wenn er auf Gesellschaftsunkosten erhalten wird, er für Nichts mehr zu sorgen braucht. Wie dann? —

Es ist eine ganz falsche Annahme, daß gerade die jetzt am härtesten und unermüdlichsten arbeitenden Klassen, das sogenannte Proletariat, in Zukunft, wenn ihnen die Sorgen um das tägliche Brot genommen, willig und freudig ihre drei Stunden Arbeit verrichten werden. Weit gefehlt, das werden gerade diejenigen sein, die sich nun gegen die selbst kurze Dauer der Arbeit auflehnen, weil es eben keine Nothwendigkeit mehr für sie ist. Sie wollen dann überhaupt nichts mehr thun, wie sich satt essen und trinken, und dann folgt die Langeweile und mit ihr die Entfesselung aller nur denkbaren Leidenschaften. Einem Artikel aus Reuter's Büreau entnehme ich folgende Stelle über russische Zustände: „Es genügte nicht, daß die Bauern von dem Zwange der Herren befreit wurden, es mußte auch die Möglichkeit geboten werden, daß sie ein Interesse an der freien Arbeit fanden, indem jedem Bauern sein Stück Land zugetheilt wurde, durch dessen Erträge er, je nach seiner Thätigkeit, unter Umständen zum wohlhabenden Manne werden konnte. Statt dessen besteht gemeinschaftliche Bewirthschaftung der Gemeindeländereien, so daß der Lohn der Fleißigen hauptsächlich in der Durchschleppung der Faulen besteht." —

Ich denke, das spricht für sich selbst, da hätten wir so ein Stückchen Bebel'schen Gesellschaftswesens und dazu gleich seine Wirkung. Ja, ja, Schopenhauer hat ganz Recht, die Idee mag an und für sich sehr schön sein; aber zu ihrer Durchführung bedürfte es anderer Wesen, als wir Menschen sind. Der Gebildete arbeitet auch, wenn er es nicht direkt für des Leibes Nothburft benöthigt; er weiß die Arbeit zu schätzen, weiß, daß sie ihm nöthig ist zum Wohlbefinden des Geistes und Körpers, ja, manchmal geht er im Interesse für die betreffende Arbeit selbst über seine Kräfte hinaus und opfert sich frei dem Wohle seiner Mitmenschen, wie Aerzte, Gelehrte 2c. Nun wende man nicht ein, unter der Bebel'schen Ordnung seien ja Alle gleich gebildet — das wäre entsetzlich! Denn dann würde die Bildung auf ein jetzt nicht denkbares Niveau heruntersinken; das alsdann der Durst nach Wissen so groß wäre, um gemeinsam auf einer besonderen, geistigen Höhe zu stehen, wird wohl Niemand annehmen, der einige Menschenkenntniß besitzt. —

Des Menschen bestes Wollen, reinstes Streben ist nicht frei von gewissen Schlacken. Jetzt ist die Haupttriebfeder die Erwerbung möglichst großen Besitzes und Ansehens — dann fielen ja all solche Ziele fort. Also nur um der Erkenntniß, nur des Guten willen, sollten die Menschen sich mühen. — Wer das glaubt, kennt eben die Menschen nicht. —

Das Menschengeschlecht würde unter solchen Umständen degeneriren, geistig und körperlich, und die Wenigen, die sich wirklich durch Fleiß und Studium über die Menge erhöben, würden von dieser verkannt, ja, ernstlich bedroht sein. — Wissen heißt leiden! — In der Weise freilich würden dann viele Menschen glücklicher sein, sie würden eben weniger wissen, folglich auch weniger leiden. — Sie würden sein wie die Vöglein des Himmels, sie säen nicht, sie ernten nicht, sie sammeln nicht in die Scheunen — und die Gesellschaft ernährt sie doch, d. h. der Fleißige den Faulen, so lange seine Geduld anhält, dann giebt's doch Unruhe und Empörung, und das Faustrecht würde wohl in recht drastischer Weise zur Anwendung kommen. Nicht, daß ich die heutige Vertheilung der

Arbeit für ideal hielte! — Aber Ideales giebt's in der Wirklichkeit nicht, wir bleiben auf der unvollkommenen Erde, gleichviel, wie wir uns darauf einrichten! — Und nun nochmals die drei Stunden Arbeit. Die wären doch nicht freiwillig, sie wären ein Muß, ein Zwang, d. h., wohl mehr moralisch, denn die sozialdemokratische Gesellschaft will doch den Menschen frei, von jedem Zwange befreit sehen, und eben um dieser freien Leistung willen wird die ganze Sache recht problematisch; denn wie schon gesagt, wird der Fleißige auch mal des Frohndienstes für die Faulen müde, läuft seine Geduld ab. Da wäre also doch manches faul im Staate, — Pardon — in der Gesellschaft. — Es ist ein recht alltägliches Sprichwort: „Der Spatz in der Hand ist besser, wie die Taube auf dem Dache" — und anstatt die bestehende Staatsordnung umzustoßen und aus dem Chaos erst eine neue, unerprobte, unwahrscheinliche gesellschaftliche Ordnung zu gestalten, wäre es weit angebrachter, auf alter, bewährter Grundlage weiter zu bauen und zu verbessern, verschönern zu helfen, statt den festen, massiven Bau einzureißen, und hernach das phantastische Luftgebilde erst recht in Nichts zerfallen zu sehen. — Es giebt sich gerade im Augenblick soviel ernstes Streben und guter Wille von Seiten unseres staatlichen Oberhauptes kund, besonders die Lage der Arbeiter zu bessern, zu erleichtern — worauf Bebel vor Allem doch abzielt; denn der Besitzende hat weniger Veranlassung, unzufrieden zu sein. Wenn nun, statt dem entgegen zu arbeiten, Jeder nach Kräften in der Richtung mit helfen wollte, dann bringen wir es vielleicht noch zu einem Idealstaat, wo jeder Fleißige sich wohl fühlt und glücklich, beschützt und gesichert durch humane Gesetze. Und das wird erreicht, ohne Umsturz, ohne Kämpfe, ohne Blutvergießen, ohne Entfeßlung der fürchterlichen, in den Menschen schlummernden, wilden, thierischen Leidenschaften. —

Freilich, Unzufriedene wird es immer geben, weil es Faule giebt, hier wie dort, und weil die Kinder vorerst noch zur Unzufriedenheit und zu übermäßigen Ansprüchen erzogen werden. Doch dies Letztere ist das eigenste Feld, wo wir Frauen, wie schon gesagt, von Grund aus bessern können. — Man kann glücklich und zufrieden sein bei Wasser und Brot, wenn man weise ist; das lehrt uns Diogenes, der griechische Philosoph; man muß nur immer seine Wünsche und Bedürfnisse mit den äußeren Umständen in Einklang zu bringen suchen, dann entbehrt man nichts, im Gegentheil, man findet immer noch mehr Freuden und Genüsse, wie man selbst in vernünftiger, bescheidener Weise beansprucht. — Und wahrlich, es werden erfolgreiche Anstrengungen gemacht, den Arbeitern mehr zu verschaffen, als eben dies Wasser und Brot; denn allgemein ist diese Kost neben der Freiheitsstrafe doch eine sehr gefürchtete. — Für Schwache und Kranke geschieht von staatlicher und privater Seite schon viel, und wird, sofern wir Frieden behalten nach Innen und Außen, stets mehr und Ausreichendes geschehen können. Werden die vom Staate beschrittenen Wege weiter verfolgt, und die Besitzenden unterstützen dieselben in zweckmäßiger, rechter Weise, privat oder öffentlich, dann wird unser Kaiser vielleicht auch noch erreichen, mit Stolz sagen zu können, daß unter seiner Regierung jeder Unterthan sein Huhn im Topfe habe. — Sein Streben geht dahin, zu bessern und zu helfen, und es wird ihm auch gelingen, sofern nicht der Hemmschuh des Unverstandes und der Böswilligkeit seine guten Absichten verhindert. Irrt er sich auch hin und wieder in der Wahl der Mittel, das Gute zu erzielen, so sind das kleine, menschliche Unvollkommenheiten, die gar bald, weil die Absicht die beste und edelste ist, erkannt und abgeändert werden. Der neue Kurs strebt dem beglückenden Völkerfrühling, der Zufriedenheit entgegen; mögen nun widrige Winde und Strömungen ihn auch manchmal verschlagen, das scharfe, klare Auge des obersten Befehlshabers findet die Richtung schon wieder. In solch schweren Augenblicken aber heißt es: „Alle Mann an Bord" — und diesmal Männer und Frauen! Thut dann

Jeder seine Pflicht am rechten Platze, mit Hingabe und Verständniß für die gute Sache, so ist der Schaden bald ausgeglichen. — Bricht aber Meuterei aus, so wird das führerlose Schiff gar bald zu Grunde gehen und alle Insassen mit ihm.

Auch der Einwand, daß der Unterricht im sozialistischen Gemeinwesen ja unentgeltlich auf Gesellschaftsunkosten geboten wird, ist hinfällig. Wer wird uneigennützig lehren und wer den Unterricht besuchen — in wie vielen Menschen liegt denn wirklich das wahre, uneigennützige Streben nach Erkenntniß der Dinge? Jetzt lernt man mit dem Hintergedanken, Geld zu verdienen, sich eine Stellung zu erringen, das ist ein durch nichts anders zu ersetzender Sporn; wird dies später von selbst geboten, oder vielmehr sind sich Alle gleich — wer wird sich da noch müh'n und plagen? Und wer es dennoch thut, der lernt eben nur erst recht die Misere und Oede des Daseins erkennen, und immer lauter und lauter wird die Frage erklingen, wozu sind wir da, was bietet uns dies Dasein? — Allen das gleiche Elend, es giebt nichts Hohes, Ideales mehr zu erringen, und immer größer wird die Unzufriedenheit, immer stärker die Verzweiflung, immer lauter der Ruf nach Vernichtung, dem Untergange! — Und was fehlt? Geistesbildung wird geboten; aber keine Herzensbildung. Wie oft hört man schon heutigen Tages von anscheinend gebildeten Leuten seufzend sagen: „Man kann doch nicht mehr, wie sich sattessen." — Arme Menschen! Mir thun sie in der Seele leid, nichts Höheres, Besseres zu kennen. — Solche Leute sind arm und verfügten sie über Millionen und doppelt arm in ihrer Herzensöde. — Geld läßt sich täglich wiedererringen; aber Herzensarmuth ist im späteren Leben nicht mehr zu beseitigen. Darum keine Umwälzung, keine Revolution für die Erwachsenen; nein, Revolution in der Kinderstube, wie ich schon früher gesagt. Da allein ist sie angebracht und von größter, segensreichster Wirkung.

All die geschilderten Mißstände, welche die Bebel'sche Weltordnung nach sich ziehen würde, sind einfach die Illustration zu dem Ausspruche Schopenhauers: „Die künstliche und arbiträre Grundlage, deren Staatsverfassung zur Durchführung des Rechts bedarf, kann nicht ersetzt werden durch eine rein natürliche Grundlage, welche an die Stelle der Vorrechte der Geburt, die des persönlichen Werthes, an die Stelle der Landesreligion die Resultate der Vernunftforschung u. s. w. setzen wollte, weil eben, so sehr auch dieses Alles der Vernunft angemessen wäre, es demselben doch an derjenigen Sicherheit und Festigkeit der Bestimmungen fehlt, welche allein die Stabilität des gemeinen Wesens sichern. **Eine Staatsverfassung, in welcher blos das abstrakte Recht sich verkörpert, wäre eine treffliche Sache für andere Wesen als die Menschen sind.**" — Wie schon mehrfach angedeutet, würde nach Bebels Ideen der Egoismus treibhausartig großgezogen. Jeder unabhängig, frei vom Andern, nur darauf bedacht sein, sich selbst das Leben möglichst angenehm und schön zu gestalten. Schopenhauer sagt wieder: „Da der Egoismus, wo ihm nicht entweder äußere Gewalt, welcher auch die Furcht beizuzählen ist, oder aber die ächte, moralische Triebfeder entgegenwirkt, seine Zwecke unbedingt verfolgt, so würde bei der zahllosen Menge egoistischer Individuen, das bellum omnium contra omnes an der Tagesordnung sein, zum Unheil Aller." — Das spricht für sich selbst. Unzufriedenheit ist nun einmal der Grundzug der menschlichen, durch wahre Liebe und Herzensbildung nicht geläuterten Natur. Jetzt richtet sich diese Unzufriedenheit gegen das betreffende staatliche Oberhaupt, als der für die staatliche Wohlfahrt verantwortlichen Person. Hernach würde eben alles gegenseitig sich anschuldigen und bekriegen, und gerade die am wenigsten Gebildeten wären die Schlimmsten in ihren Forderungen. Sie würden mit roher Gewalt die Anderen niedertreten; was würde ihnen Wissen und Geistesarbeit bedeuten. — Man denke nur an den greisen Archimedes — der, als die wilde Soldateska in's Zimmer stürzte, angsterfüllt rief:

„Zertritt mir meine Zirkel nicht" — ein Beilhieb, der ihm den Schädel spaltete, war die Antwort. —

Wie viel Wissen und Streben würde in ähnlich roher Weise in der Folgezeit zerstört werden! — Soldaten gäb's ja dann nicht mehr; aber die ungezügelte Roheit bedrohte dafür jeden Einzelnen, und je weiter der Blick, je größer das Verdienst um das Allgemeinwohl wäre, desto mehr stünde man in Gefahr, der Dummheit und Roheit, als über ihr stehend, zum Opfer zu fallen. —

In dem sozialistischen Gemeinwesen bietet Bebel wohl Allen die Bürgschaft zur Stillung ihres Hungers. — Genügt das? — Nein. — Panem et circences will das Volk!

Bei so bequemer, dreistündiger Arbeit und sorgenloser Sättigung tritt nothwendig die Langeweile in Frage — was dann? Ein sehr bekanntes Sprichwort heißt: „Müßiggang ist aller Laster Anfang." — Nun wird man einwenden, Jeder kann dann seinen Liebhabereien nachgehen, sich beschäftigen, wie er will. Jawohl — das könnte er; — aber wird er es auch thun; wird er das Bedürfniß haben, sich weiter zu unterrichten, zu studiren ꝛc.? — Ich habe schon ausgeführt, daß, wenn der treibende Hunger nicht mehr vorhanden, der Durst nach Wissen gar sehr abnehmen wird, und mit der allgemeinen Bildung wird's dann recht windig aussehen. Und, wie dann sich gegen dies stumpfsinnige Proletariat schützen? — Denn daß die Menschen dann in den geistigen Schätzen der Fleißigen und Wissenden gerade solche Ungerechtigkeit sehen, wie jetzt in der ungleichen Vertheilung des Geldes, ist ganz natürlich. —

Freiheit, Gleichheit und Brüderlichkeit! — Warum auch lernen die? — Wir thun's doch nicht, wir haben ja zu leben — halt! die wollen was anderes sein wie wir, sich über uns erheben — das muß bekämpft werden! — Und der Tanz geht los. — Da würden vielleicht hin und wieder

Volksfeste veranstaltet; aber das genügte längst nicht, man studire nur die Neigungen des Volkes. —

Es wird gewettert und getobt gegen vereinzelte Feste und Gesellschaften der oberen Zehntausend! — Wer aber giebt im Durchschnitt am Meisten für Vergnügen und durch die regelmäßigen, häufigen Wiederholungen weit über seine Verhältnisse aus? — Der sogenannte kleine Mann! — Nicht nur in Garnisonstädten, nein, auch in Fabrikorten und auf den Dörfern, sind die Tanzvergnügen stets überfüllt, und die Wirthe könnten dieselben noch weit öfter und mit schönstem Verdienst veranstalten, wenn es ihnen von Amtswegen nur gestattet würde.

Da wird immer von den armen Fabrikfrauen gesprochen, die trotz der Menge Kinder im Hause sich draußen abplagen müssen um kärglichen Lohn! — Aber daran, daß es früher kräftige, junge Fabrikmädchen waren, die als geschickte Tuchweberinnen, um nur ein Beispiel anzuführen, die Woche bis zu 20 Mark verdienten, ja, stellenweise noch mehr, denkt Niemand mehr. Und was beginnen sie mit diesem respektablen Verdienst? — Alles Geld, das ihnen nach Befriedigung ihrer einfachen, täglichen Bedürfnisse übrig bleibt, wird für den sonntäglichen Putz und Staat aufgewendet, wobei die kostbarsten und schwersten Stoffe nur gerade gut genug sind, der verschiedenen, sichtlich theuern Blumen und Federn auf den Hüten, die zu jeder Saison frisch beschafft werden, nicht zu gedenken. Und wozu dies alles? — Um beim Kirchgang sich gegenseitig zu übertreffen und hernach beim Tanz alle übrigen auszustechen. — Und die Burschen setzen den reichlichen, wenn auch sauer genug verdienten Wochenlohn in sauern Wein um, immer theurere Marken verlangend und erhaltend — nur bleibt der Inhalt immer derselbe. Getrunken wird dies Zeug auch nicht. Die Erfahrung hat die Leute klug gemacht; der Wein fließt aber buchstäblich in Strömen über Tische und Boden, so will's die bäurische Etiquette.

Wer diese Schilderung für übertrieben hält, der wohne nur einmal einer rheinischen Kirmeß bei und er wird mir Recht geben. — An sparen denkt Niemand, ein Theil des Wochenlohnes kommt, wenn's gut geht, der Familie, den jüngeren Geschwistern zu gute, das Uebrige wird verjubelt. Niemand denkt an die Zukunft, welch' großen Nutzen ein wenn auch noch so kleiner Fond bieten würde; man ist ja noch so jung, verdient so viel, kann noch so viel schaffen und will sich vorerst amüsiren, ahnungslos, daß diese kurze Freude hernach mit bitterm Elend bezahlt werden muß. —

Es wird geheirathet! — Jetzt sind ja zwei Paar rüstige Hände zum Schaffen da, man lebt herrlich und in Freuden; aber von der Hand in den Mund. — Nun folgt ein Kind, ein Wochenbett dem andern, der Verdienst ist in Folge dessen schmäler, und der hungernden Schnäbel werden immer mehr. Erkrankt nun auch noch der Mann, so ist das Elend vollständig. — Es wird allenthalben geborgt, und wenn sich auch besten Falles die Arbeitskräfte späterhin wieder einstellen, die Schuldenlast ist so leicht nicht abzuwälzen, und solche Menschen fristen zeitlebens ein kümmerliches Dasein. — Durch wessen Schuld? — Doch wohl nicht die des Fabrikherrn, der in der Regel für das Elend der hungernden Familie verantwortlich gemacht wird, nein, sie büßen die Sorglosigkeit und den Leichtsinn der Jugend! — Lehrt diese Zufriedenheit und Sparsamkeit, und es giebt kein soziales Elend mehr. —

Unsere jetzige gesellschaftliche Ordnung ist, wenn auch nicht ideal, so doch erträglich zu nennen, und ich denke, der Spatz in der Hand ist immer besser, wie die Taube auf dem Dache.

Bebel verspricht den Frauen soviel von der Rekonstruirung des Mutterrechts, das früher war. — Was aber wird die Zukunft davon halten!? — Die Mütter sollen den Kindern ihren Namen geben, weil der Vater nichts von ihnen wissen will. — Damit aber hören die Rechte der künftigen Mütter nach der Bebel'schen Gesellschaftsordnung auf; dann gehört das Kind, das die Mutter durch 9 Monate mit ihrem eigenen Blute ernährt, daß sie unter großen Schmerzen geboren, nicht mehr ihr, sondern der Gesellschaft, und es steht ihr frei, wenn sie sich einsam fühlt, sich schleunigst nach einer zweiten, ähnlichen Prozedur umzuthun, d. h., wenn sie ein zweites Mal so dumm ist! — Denn was hat sie gethan? Einen einsamen Menschen in die Welt gesetzt, der leiden und sterben muß, und nicht mal ist er das Produkt einer wahren, großen Liebe, sondern nur das Ergebniß eines flüchtigen Sinnenrausches. Und des schönsten und größten Gefühls, das der Mensch empfinden und andern mittheilen kann, muß er so ganz entbehren, der Eltern= und vor Allem der Mutterliebe. Er wird bezahlten — nein, nicht einmal das, sondern Händen überantwortet, die ihn pflegen und warten sollen, weil die gesellschaftliche Ordnung der täglich dreistündigen Arbeit das einmal so mit sich bringt; wahrscheinlich noch wird sie widerwillig geleistet; denn zur Kinderpflege gehört Liebe, viel Liebe, und diese, die wahre Liebe, das echte Mitleid, fehlt. Wozu braucht der Einzelne noch thätiges Mitleid zu haben, die Gesellschaft sorgt ja für Alles; aber leider besteht die Gesellschaft aus den Einzelnen, und Jeder drückt sich nun, so gut er kann. Den unter solchen Umständen klugen Frauen, die sich davor hüten, fürder Kinder zu bekommen, wird der dreistündige Frohndienst, die Wartung solch kleiner, hülfloser Wesen doppelt abstoßend und ekelhaft sein.

Und wie verlockend das klingt für den Uneingeweihten — nur drei Stunden Arbeit, wo jetzt die armen, weiblichen Wesen sich mühen von früh bis spät, und wie hübsch, daß es dann keinen Unterschied mehr giebt zwischen Dame und Magd! — Die Arbeit bleibt stets dieselbe. Das wird ja auch späterhin reizend, wenn die Professorin selbst ihre Wohnräume aufnimmt oder die Doktorin selbst ihre Schuhe wichst ꝛc. Ja, vielleicht ist sie gar nebenher Schuhputzerin von Profession, d. h., sie arbeitet ihre drei Stunden für die Gesellschaft als Schuhputzerin, wenn dies auch auf Regiments=, b. h. Gesellschaftsunkosten besorgt werden soll, und nachher darf sie sich zum Vergnügen als Aerztin abmühen; denn das Kranksein, das schlimmste Leiden der Menschen, schafft Bebel, trotz aller Reformen, nicht aus der Welt. Nur mit ihnen selbst, mit dem Aufhören der Existenz menschlicher Wesen, hört das bewußte Leiden auf. Und wo Krankheit ist, da ist Kummer und Unzufriedenheit, mögen die gesellschaftlichen Ordnungen sein wie sie wollen. Oder habe ich falsch verstanden, und ist die dreistündige Arbeitszeit für die Aerztin in ihrem Beruf aufzufassen? — Wie dann, wenn der Kranke aber so rücksichtslos ist, die ärztliche Hülfe gar über drei Stunden hinaus in Anspruch zu nehmen, oder sich vielleicht gerade erst zu melden, nachdem die drei Stunden Kräfte der Gesellschaft schon geweiht worden sind? — Müssen das für die Folge edle, selbstlose Menschen sein, die sich nur so um des Guten willen opfern, ganz selbstlos, ohne irgend welchen Entgelt. Jetzt denkt man sich das so hoch erhaben, edel und schön; aber wie dann, wenn das nichts Abnormes mehr vorstellt, wenn das einfach selbstverständlich ist, ja, durch die Noth gefordert, ein Muß wird! —

Es ist seltsam, alles, worauf ein Mensch freiwillig verzichtet, dadurch fühlt er sich gehoben, geadelt, was aber irgendwie ein Muß bedeutet, das drückt ihn, und er leistet es nur widerwillig. Man rede nicht von der so viel bewährten Pflichttreue, die ist gar sehr mit den eventuellen Vortheilen verknüpft, fallen diese fort, so wird von ersterer nur in seltenen Fällen viel übrig bleiben.

Und wer sollte wohl im Stande sein, die unbeschäftigte Menge in Ruhe und Ordnung zu halten. — Heute der und Morgen der, oder alle drei Stunden ein Anderer, denn ein ständiges Oberhaupt würde man nicht dulden, und noch mehr, es würde sich hierzu schwer Jemand finden, es sei denn, daß ein fester, selbstbewußter Geist die Zügel ergriffe, um eben nach bestem Wissen und Willen zu regieren — oder zu leiten — bis die Gesellschaft trotz des besten Vorhabens seinerseits, irgend welche Mängel entdeckte und es mit einem Neuem versuchte und so fort und fort. Wir sind und bleiben eben alle unvollkommene Menschen und der Beste ist nicht frei von Schlacken.

Man würde dann gerade so gut auf die Spitzen der sozialistischen Gesellschaft schimpfen, wie man es jetzt auf die einzelnen Oberhäupter thut; es ist und bleibt immer dasselbe, nur mit dem Unterschiede, daß den Uebergang ein entsetzliches Blutbad bezeichnen würde und die erreichten Erfolge sehr fragwürdig bleiben, wohingegen, wenn unter der jetzt bestehenden Ordnung unausgesetzt an der Hebung und Besserung der Verhältnisse gearbeitet wird, die auf Erden denkbar beste Lösung der sozialen Wirren nur noch eine Frage der Zeit ist. Jeder Einzelne ist berufen, an dieser Aufgabe mitzuarbeiten, und je mehr nur jeder Einzelne bestrebt ist, seine Pflicht zu thun auf eben dem Platze, den das Schicksal ihm angewiesen hat, desto früher wird das ersehnte Ziel erreicht. Passirt auch mal ein Mißgriff in der Wahl der Mittel das Allgemeinwohl zu fördern — homo sum — und irren ist menschlich! Wird nur das Ziel unverrückt im Auge behalten ohne Beimischung selbstsüchtiger Nebeninteressen, so wird der Irrthum schon bald eingesehen und ihm abzuhelfen gesucht.

Man muß nur nicht glauben, daß so etwas unter der sozialistischen Ordnung nicht vorkommen könnte! Menschen sind und bleiben Menschen! Die jetzigen Führer stützen sich auf eigne Erfahrung und Tradition; wie aber, wenn sie verschwunden und Neulinge es versuchen sollten, den gesetzlosen Haufen in Ruhe und Ordnung zu halten, ich fürchte, das würde eine Sisyphusarbeit, die selbst klare Köpfe verwirren könnte und zu bedenklicheren und weniger humanen Mitteln greifen ließe, wie unsere heutigen Gesetze es sind. Ihre guten Ziele und Zwecke würden wohl in's Gegentheil verkehrt, und die Menschheit wäre machtlos gegen das über sie hereinbrechende Unheil.

Entfesselt die Kriegsfurie, den Bruderkrieg im vollsten Sinne des Wortes und seht, wohin das führt. Den gräß⸗ lichen, blutigen Tumult in der Anfangs projektirten Weise zu lösen, würde unmöglich werden, dagegen wahrscheinlich, daß die jetzt lautesten Schreier hernach sich glücklich fühlen würden, wenn, wie weiland Napoleon I., sich unter dem Titel Diktator ein verkappter, künftiger Herrscher an die Spitze des Tohuwabohu setzen und nach seiner Weise Ordnung schaffen würde. Und ist zu hoffen, daß dieser einstige Ursur⸗ pator besser sein, friedfertiger und einsichtiger regieren würde, als unsere jetzigen Regenten? — Die Geschichte, das Welt⸗ gericht verneint die Frage.

Es weht ein frischer Geist durch die Welt, mit dem Dulden und Trauern der oft verkannten und mißhandelten Frauen ist's vorbei, es sind ihnen schon in mancher Beziehung die Augen geöffnet, und kluge, thatkräftige Charaktere wissen ihren Weg sicher zu machen, trotz aller noch bestehenden Be⸗ schränkungen. Warum nun diese für die Masse, für die größere Mehrzahl der Dummen einreißen? — Daß doch jeder selbst sich sein Glück erringe und gestalte nach Maßgabe seiner Kräfte und seines Begriffsvermögens! Was nützt es einem Landmädchen, wenn ihm für die Folge das höhere Studium freisteht, jetzt ist sie glücklich zwischen ihren Kühen und Schafen, inmitten der frischen, freien Natur. Was wird hernach aus ihr, wenn sie studirt wie alle Welt? — Dann lernt sie die Qual, die Misere des Daseins erst so recht empfinden; denn die bleibt, trotz der gesellschaftlichen Allge⸗ meinverpflegung, ja, noch mehr, sie lernt das Dasein verab⸗ scheuen und — wir sind wieder am Ende aller Dinge.

Ginge das Bebel'sche Utopien in Erfüllung, so wäre in absehbarer Zeit das Ende der Menschheit da, weil die Mensch⸗ heit eben ausstürbe, und Bebel wäre demnach in Wahrheit einer der falschen Propheten, die nach der Ueberlieferung dem Weltende vorausgehen sollen, und dies Letztere würde weit vor dem Erlöschen der Sonnenwärme, weit vor der Eiszeit

in der Natur eintreten, d. h., für das Menschengeschlecht. Freilich würde dieses auch an Kälte zu Grunde gehen, die nüchterne, praktische Vernunft würde die Sonne der Liebe gänzlich verlöschen. Dann gäb's noch eine Weile körperlich und geistig verkümmerte Menschen, gleich den krüppelhaften Bäumen an der Schneegrenze, wo die Natur sich noch gegen die Eisesstarre mühsam behauptet, wenn auch mit wenig Erfolg. Und die degenerirten, dem einfach thierischen Instinkt entsprossenen Wesen wären die Nachkommen unserer großen Denker, ja, deren eigenste Kinder, weil sie eben durch die Bethätigung ihrer Lehren entstanden. — Fragt nun eine echte, wahre Frau, und mag sie noch so gescheidt und gebildet sein, sobald es nur keine Halb- oder Verbildung ist, was ihr lieber sei, das Leben an der Seite eines geliebten und sie wahrhaft wieder liebenden Gatten, freilich mit allen Sorgen und Mühen des Alltagslebens, oder eine öffentliche Prunkstellung mit Ehre, Ansehen und Beifall der Menge? — Zur Ehre unserer Frauen glaube ich annehmen zu dürfen, daß die Mehrzahl die fried=
lichstille Häuslichkeit vorzöge. — Nicht aus Trägheit und Bequemlichkeit! Denn es bietet sich der denkenden Frau im eigenen Hause ein solch großes Feld, mitzuwirken am allge=
meinen Wohle der Menschheit, daß sie der öffentlichen Redner=
bühne hierzu nicht bedarf. In die Herzen ihrer Kinder lege sie den göttlichen Samen der Liebe und hege und pflege das Pflänzchen, daß es wachse und gedeihe, und kommende Gene=
rationen sich an den köstlichen Blüthen und Früchten laben.

Das ist die edelste und größte Aufgabe des Weibes. Und weil diese vielfach verkannt worden, soll in falscher Verblendung die Frau ihrem Geschlechte und ihrer Natur=
bestimmung zum Hohn umsatteln, in die Reihen der Männer treten, deren Arbeit verrichten, weil sie zu der eignen, großen Naturaufgabe zu lau und träge geworden! —

Männerarbeit wollt ihr thun, derweil eure Kinder vor Mangel an Liebe verkümmern. Um augenblicklicher persön=
licher und hohler Vortheile willen wollt ihr euch versündigen

am ganzen Menschengeschlechte!? — Ihr beklagt euch über
den Egoismus der Männer und gebt euren Kindern solch
schlechtes Beispiel! — Was wäre wohl aus Goethe geworden,
wenn dessen gemüthvolle Mutter nur daran gedacht hätte, ihr
reiches Wissen und Verstehen nach außen hin zur Geltung zu
bringen; denn im Hause bei ihrem Manne fand sie auch nur
wenig Verständniß dafür. Goethes Vater war eine ernste,
strenge Natur. Wäre aus dem talentvollen Knaben wohl
solch großer, warmherziger Poet geworden, wenn ihm in der
Jugend die alles belebende Mutterliebe nicht in so vollem
Maße zu Theil geworden? Sagt er doch selbst später:

„Vom Vater hab' ich die Natur
Des Lebens ernstes Führen,
Vom Mütterchen die Frohnatur,
Die Lust zu Fabuliren."

Und hat die Frau Rath in ihrem großen Sohne sich
nicht ein ungleich größeres, unvergängliches Denkmal gestiftet,
wie wenn sie ihre Kinder sich selbst überlassen und persönlich
öffentliche Reden 2c. gehalten hätte, wozu sie garwohl befähigt
gewesen! — Und bei ihrem gesunden Körper und frohem
Geiste hat sie später in vollster Frische noch die herrlichsten
Früchte ihrer Mühen genießen können, die allseitige Vereh=
rung und Anerkennung ihres großen Sohnes. — Doch auch
heute noch giebt es wahre deutsche Frauen; geht hin und
lernt die hohen, heiligen Pflichten von ihnen! — Seht, mit
welch aufrichtiger Hochachtung und Liebe ihre Kinder an
ihnen hängen, wie die erwachsenen Söhne und Töchter nichts
Höheres, Heiligeres auf Erden kennen wie ihre Mütter, weil
sie ihnen Liebe gespendet und sie Liebe gelehrt haben in Wort
und That. —

Warum sind so manche Ehen unglücklich?

Weil leider so viele Frauen diesen heiligsten und schön=
sten Beruf als treue Kinderwärterinnen — ja, Kinderwärte=
rinnen und Erzieherinnen verkennen und sich an hohle Aeußer=
lichkeiten und Vergnügungen klammern, anstatt sich des stillen

Glückes und der seligen Freuden im eigenen Heim, inmitten ihrer Kinder bewußt zu werden. Da werden alle möglichen Bücher gelesen, die zu nichts weniger geeignet sind, als das Herz der jungen Mutter mit Lust und Liebe für das Studium ihrer Kinder zu erfüllen, und gerade dies ist doch das Süßeste und Anziehendste, was es für ein weibliches Gemüth geben kann und in seinen Folgen das Lohnendste. —

Statt dessen sieht der Mann, wie die Frau die Kinder vernachlässigt, ihnen keine Liebe, kein Verständniß für ihre kleinen Leiden und Freuden entgegenbringt; sie stammt aus einer eben solch kalten, häuslichen Atmosphäre, wie sie ihn selbst schon zu umwehen beginnt. — Ist's ein Wunder, wenn er sich von ihr abwendet? — Und ebenso umgekehrt die femmes incomprises. — Was fehlt hier wie dort? — Die Liebe! —

Das ist nicht rohe Sinneslust, die kann im Uebermaße vorhanden sein, und die Gatten können sich doch tief unglücklich fühlen. — Es ist die wahre, selbstlose Liebe, die mit ihrem warmen, sonnigen Strahle alles durchglüht, das ihr nahe kommt; die Achtung, Duldsamkeit und Mitleid gegen alle Menschen. Solch wahre, aufopfernde Herzensgüte überwindet siegreich alle Hindernisse, selbst Noth und Trübsal. Und sie allein, die Liebe, die große, herrliche in jeder Form, wird Siegerin sein über die sozialen Wirren! —

Wer aber ist berufen, ihr Banner zu entfalten und es siegreich im Kampfe voranzutragen? — Wir Frauen in treuem, unentwegtem Müh'n! — Nicht mit großen Worten und Reden vor dem Volke ist's gethan, nein, unsere Aufgabe ist langwierig und mühsam. — Die kommende Generation, ihr Wohl und Wehe liegt in unsern Händen, sorgen wir, daß Lebensmuth und Freude am Schönen und Guten sie beseele; nicht, daß sie lieblos fluche und ihr Dasein verwünsche in der Starrheit und Kälte der Herzen.

Erzieht ein kraftvolles, liebeerfülltes Geschlecht und dann sorgt euch nicht um die Zukunft, sie muß und wird in eigener Entwicklung gut werden. Hingegen denkt an den kleinen Stein, der eine Lawine in's Rollen bringen und ganze Dörfer verschütten kann. Ebenso würde es mit der allgemeinen Betheiligung der Frauen bei der Lösung der sozialen Wirren auf dem falschen Wege der Gelehrsamkeit gehen. Das gäbe auch furchtbare, weltbewegende Lawinen, die das ganze Menschengeschlecht zu vernichten drohten, in weiter Ferne freilich; aber unter der fortschreitenden, verkehrten Kulturbewegung desto sicherer.

Sorgt statt dessen für die Gesundheit und Lebenstüchtigkeit eurer Kinder an Leib und Seele — liebt sie und lehrt sie lieben, das ist nicht oft genug zu wiederholen; aber erzieht keine Duckmäuser und Schwächlinge, keine zimperlichen Dämchen. **Lehrt sie zeitig ihre Pflichten gegen sich und gegen Andere kennen.** Grundgesetz bleibe ihnen die Erhaltung ihrer Gesundheit und die Reinlichkeit und Pflege des Körpers, denn nur in einem gesunden Körper wohnt ein gesunder Geist und nur ein solcher vermag zum eigenen Heil und zum Wohle der Menschheit Erspießliches zu leisten. Die Schulen und der Staat thun viel Förderliches in dieser Hinsicht; aber das kommt alles zu spät, das sind dann nur angelernte, für kurze Dauer geübte Sachen. — Es kann nicht genug betont werden, die ersten 5—6 Lebensjahre sind maßgebend für's ganze spätere Leben, da wird der Grund gelegt zum Charakter, und die in dieser Zeit empfangenen Eindrücke sind unvertilgbar; zeitweise können sie wohl durch spätere Eindrücke und Lehren verblassen; aber ganz ausgelöscht werden sie niemals, sie kommen immer wieder an die Oberfläche. Der Staat und die Schule können nicht allein die Verantwortung für die Erziehung übernehmen, wenn wir selbst auch nur den geringsten geistigen Antheil auf Verdienst an den späteren Erfolgen unserer Kinder beanspruchen wollen. — In jüngster Zeit brachte die Frankfurter Zeitung einen Artikel: „Ueber Schulgesundheitspflege" — von einem Schulmanne unterzeichnet, dem ich folgende Stelle entnehme: „**Der Staat oder** die Gemeinde schaffe die Plätze, die Wiesen und Eisbahnen! das kann mit Opfern geschehen, die im Verhältniß zum Gewinn an Jugendfrische gering erscheinen müssen. Das Elternhaus aber sorge für seinen Theil durch vernünftige Forderungen dafür, daß das Rechte geschehen kann, und nehme der Schule den größten Theil der außerordentlichen Verantwortlichkeit ab! Es erinnere sich überhaupt mehr daran, daß seine Aufgabe bei der Jugenderziehung die vornehmste ist, die kein Staat und keine Schule, und wenn sie die beste wäre, je ersetzen kann."

Warum den Ehrgeiz an falscher Stelle, auf dem Professorensitz als Rednerinnen bethätigen wollen, — hier sprecht ihr zu Tausenden und nützt nicht Einem zu wahrem Glück, und daheim überlaßt ihr eure Kinder, euer eigenes Fleisch und Blut fremden Händen, die drücken ihm ihren geistigen Stempel auf und von euch selbst bleibt nicht vielmehr wie die Materie. Bewacht und erzieht ihr dagegen euer Kind selbst, schafft ihr euch in ihm ein lebendiges, edles Denkmal eures Ringens und Strebens, so wirkt ihr hundertfach Gutes durch euer Beispiel. Ihr selbst seid glücklich und ebenso euer in warmfühlender Liebe erzogenes Kind, und diese Strahlen des wahren Glückes beleuchten und erwärmen Alle, die mit euch in Berührung kommen.

Ist etwa die Frauenbewegung in der Emanzipationsrichtung etwas anderes wie krasser Egoismus? — Die meisten Kämpferinnen denken weniger an die Zukunft, an ihre Nachkommen, denen doch erst die Früchte ihrer Arbeit zufallen, sondern es ist ihnen hauptsächlich um die augenblicklichen Lorbeeren zu thun, die sie mit ihrem öffentlichen Auftreten erndten. Dabei ergeht es ihnen gerade wie Esau, der sein Erstgeburtsrecht für ein Linsengericht verkaufte — sie vertauschen Glück und Zufriedenheit für den momentanen Rausch des befriedigten Ehrgeizes. Als ob eine wirklich geistig hochstehende Frau nicht anders berühmt und angesehen werden könnte, wie durch tapferes Mitschreien in dieser unseligen

Strömung! — Hat es nicht zu allen Zeiten gute, große Frauen gegeben, denen volle, rückhaltlose Bewunderung gezollt wurde, weil sie wirklich geistig hervorragend waren. Diese haben freilich nicht auf öffentlichen Gymnasien und Universitäten studirt, sondern daheim im Kämmerlein und sind trotzdem beachtet und anerkannt worden. Wozu jetzt die schablonenhafte Dutzendwaare des Wissens? —

Erstrebe doch jede dazu befähigte Frau einen geeigneten Wissenszweig, aber ohne Marktschreierei und Reklame studire sie daheim im eignen Stübchen. — Ja, das paßt nicht, das ist zu langweilig! — Nun, so studirt denn öffentlich und werdet Eintagsfliegen so viel ihr wollt, am hellen Lichte der Wahrheit und den unverrückbaren Pfeilern der Naturgesetze werden doch die Meisten zu Grunde gehen. Versuche eben jeder nach seiner Façon selig, d. h., vorerst hienieden glücklich zu werden.

Ich halte es lieber mit der alten Frau Rath, ich bin gewiß nicht dem Wissen abhold und geistiger Dunkelheit zugethan; aber ich sage in ihrem Sinn: "Ich höre gern, wenn kluge Männer reden, daß ich verstehen kann, wie sie es meinen."

Gewiß sollen wir Frauen lernen, einen möglichst großen und weiten Gesichtskreis zu gewinnen suchen; aber nicht um uns dadurch der Familie zu entfremden und vor der Oeffentlichkeit zu paradiren, sondern um in Wahrheit die Sonne des Hauses zu sein, um die sich alles dreht und schaart, Liebe, Hilfe, Rath und Licht von ihr zu empfangen. Taylleraud fand nur dumme Frauen brauchbar für die Ehe! — Ein verhängnißvoller Irrthum, der sich in seinen Folgen jetzt schwer rächt; denn lange galt und gilt auch wohl heutzutage noch dieser Ausspruch für maßgebend und gerade hierdurch sind so viele Mißstände hervorgerufen. — Was kann eine dumme Frau dem Manne anders sein wie nach Schopenhauer — Mittel zum Zweck. — Schön, nun sind Kinder da, wer erzieht sie aber? Zunächst doch die dumme Frau, und dabei sollen die Kinder klug werden, sich geistig wohl noch zu etwas besonderem entwickeln? — Wer aus dieser verkehrten Rechnung klug wird, versteht weit mehr wie ich? — Und weiter! — Die dumme Gefährtin kann auf die Dauer dem Manne nicht genügen, weder sie, noch die gleich ihr dummen Sprößlinge; also wendet er sich diesem ihm ungenügenden Kreise ab, entfremdet sich der Familie, und die arme Frau seufzt und klagt über Vernachlässigung und mit vollstem Recht; denn sie ist wirklich nicht an dem Urtheil schuld, trotz ihrer Dummheit, denn diese befähigte sie ja gerade besonders zur Ehe. —

Goethe sagt: „Man könne erzogene Kinder gebären, wenn die Eltern erzogen wären!"

Wie paßt nun diese so vielfach durch Beispiele erhärtete Vererbungstheorie zu obigem Vorgehen, noch besonders, wo sich gerade der Intellekt der Mutter auf das Kind vererbt? — Ist da die offenbare Degeneration zu verwundern! —

Warum haben wir seit Goethe und Schiller keine großen Dichter, warum überhaupt keine hervorragenden Geistesheroen mehr? — Weil eine dumme Frau für bequemer gilt. — Ja, diese geistige Trägheit und Bequemlichkeit der Männer ist ein Diebstahl an der Menschheit und, ihr Herren der Schöpfung, auch ein Diebstahl an euch selbst. — Freilich: „Wenn ihr's nicht fühlt, ihr werdet's nicht erjagen."

Unnütz aber ist das Wissen und die Gelehrsamkeit für die Frau, wenn dieses nicht der kommenden Generation direkt zu Gute kommen kann, wenn die Kinder ihr nicht wie bisher in den ersten Lebensjahren unter Augen bleiben; wenn sie dieselben, — längst nicht immer wie bisher — nicht wirklich selbst erzieht. — Ist etwa Goethe, um bei dem einen unleugbaren Beispiel zu bleiben, vielleicht in den Kindergarten geschickt, oder von einer Gouvernante erzogen worden? — Nein, das alles gab's damals noch nicht; aber andere Zeiten, andere Sitten! — Ja wohl, traurige Sitten, die den Untergang unserer Nation bedeuten, des echten Deutschthums Dämmerung. — Denn was ich vorher gesagt, von dem Untergang des ganzen Menschengeschlechtes in diesem Sinne, wird ebensowenig in Erfüllung gehen, wie die Bebel'schen Utopien. Das ganze Menschengeschlecht würde nicht aussterben, nur unsere deutsche oder, gehen wir recht weit, europäische und amerikanische sozialistische Gesellschaft, soweit sie eben von der Kultur beleckt ist und vorzugsweise Treibhäuser für Professorinnen, Rechtsanwältinnen, Monteurinnen für Maschinen, und wer mag's wissen, was noch für — — innen für das Allgemeinwohl erzeugte, und die Frauen ihre eigenste Bestimmung als Mutter darüber vergäßen. — Als ob eine Mutter so etwas Selbstverständliches, so Geringes wäre und diese angelernten Aeußerlichkeiten Großes! — Traurige Verwechslung der Begriffe. — Die Mutter in treuer, aufopfernder Erfüllung ihrer Pflichten ist das Größte und Schönste, das die Erde zu bieten vermag. — Lernen kann Jeder, ob Mann oder Weib, aber einen edlen, guten, glücklichen und nützlichen Menschen zur Welt bringen, kann nur das Weib. Darum auf, ihr deutschen Frauen, begebt euch in die verschrieenen und verlästerten Kinderstuben, vertheidigt eure Lieblinge auf's Aeußerste; man will sie euch nehmen durch großklingende, hohle Versprechungen! Man sucht euch zu verführen, mitzuarbeiten am Sturz des Reiches, am Verfall der Nation. — Auf! zeigt euch als echte, alte Deutsche! —

Tobte damals die Schlacht am wildesten, kamen die Friedensstörer dem Wagenpark, der Frauen und Kinder barg, zu nahe, dann — aber nur dann — traten die Frauen vor und halfen mit muthiger Faust die Feinde verjagen, ihr Liebstes und Theuerstes, ihre Kinder, schützend! — Und so verstehe ich es, daß auch heut zu Tage nur dann die Frau hervor in die Reihen der Männer soll, wenn es gilt, die ihr angestammten Rechte als Kindererzieherin zu vertheidigen, oder im traurigen und schlimmen Falle, wenn der Mann verloren, oder nicht fähig ist, die Familie zu ernähren, für sie zu arbeiten. — Sonst aber ziemt ihr der eigenste Platz im Hause, in Mitten ihrer Kinder, auf daß sie mit helfe ein körperlich und geistig gesundes und starkes Geschlecht zu erziehen. Thut sie dies nicht, so macht sie sich mit schuldig, wenn in Zukunft die Deutschen, sagen wir die alten Deutschen, zu sagenhaften Wesen werden, denn mit dem Verfall der Kulturvölker dehnen sich naturgemäß die von unserer nervösen Kultur weniger beleckten Völkerrassen aus, und es ist so fast mit Sicherheit anzunehmen, daß die europäischen Gewohnheiten und Sitten, überhaupt fremden Einflüssen am wenigsten zugänglichen Chinesen, dereinst unsere jetzigen Wohnstätten bevölkern. Daß also wiederum gleich der biblischen Schöpfungsgeschichte, die Menschen sich von Asien aus über unseren Erdtheil verbreiten, weil eben dort nicht aufgehört wird, von der verbotenen Frucht zu essen, während wir hier in starrem Wissen und strenger Askese das eigene Geschlecht ertödten. Den bezopften Nachfolgern kämen dann all unsere mühsam gesammelten wissenschaftlichen Schätze zu Gute und sie würden sich nicht daran übernehmen, sondern klug und berechnend wie sie sind, die Wissenschaft sich dienstbar machen, entgegen unserm plötzlichen Sturm= und Dranggefühle, uns Alle im Dienst der Wissenschaft aufreiben zu wollen.

Ja, ja, die Söhne des himmlischen Reiches wissen ganz gut, daß der Zopf dem Menschen sehr dienlich ist, daß man ihn bei dieser Kopfzierde am schnellsten haschen und an die Erde bannen kann, wenn es ihm einfiele, sich mit geistigem Flügelschlage allzusehr der Wirklichkeit zu entfremden. So ein Bischen Zopf ist nicht zu unterschätzen. — Daneben können recht gut einzelne Halbgötter, große, hervorragende Menschen existiren. — Wodurch waren die Griechen so groß, so bedeutend? Weil die Menge des Volkes sich mit dem Verständniß für das Schöne und Erhabene, das Einzelne aus ihrer Mitte schufen, begnügten; diese hervorragenden Leistungen aber auch nach Gebühr und mit Enthusiasmus zu würdigen wußten, nicht aber, weil jedes noch so kleine Lichtchen vermeinte, es diesen Geistesheroen gleichthun zu können! — Letzteres Unterfangen kann nur Verfall hervorbringen; aber es wird bedingt durch dies heutige, unleidliche Streberthum und die unver=

schämte Reklame. Jedes Bischen Wissen, jedes Bischen Anstrengung wird sofort als Umsatz in baare Münze benützt. Jeder will etwas bedeuten, jeder etwas leisten, d. h. nicht um des Guten und Schönen willen, nur aus Berechnung, als Geschäft; daher das Ueberangebot in jeder Richtung und besonders in der Kunst. — Ideale, — sowie goldene Lorbeern sind selten, sehr selten geworden; es giebt kaum mehr Zuhörer und Beschauer, weil jeder sich vermißt, es mindestens ebenso gut machen zu können und leider oft genug mit Recht. Es ist eben alles Dutzendwaare geworden und was für welche.

Ein wirkliches Talent, etwas wirklich Großes, ringt sich trotz alledem hervor aus dem Wulst der allgemeinen Künstlerei, und so möge es auch den Frauen fernerhin, wenn sie wirklich die Befähigung zu bedeutenden Leistungen, gleichviel auf welchem Gebiete, verspüren, an Muth nicht fehlen, trotz aller Hindernisse sich zu ihrem Ziele durchzuringen. Aber diese jetzt angestrebte, schablonenhafte Gelehrsamkeit halte ich für geradezu verderblich; sie verringert nicht, nein, sie vermehrt die augenblickliche Spannung zwischen den Geschlechtern, sie nimmt den Männern die sorgende, häusliche Gefährtin und den Kindern die Mutter und Erzieherin, um ein ungesundes Zwitterding hervorzubringen, das weder Mann noch Weib, den Männern das Brot streitig macht.

Wie viele Knaben studiren jetzt nur widerstrebend, weil sie müssen, von ihren Eltern gleichsam dazu gezwungen werden. Nun haben aber schon so viel Frauen unter den erschwerendsten Verhältnissen bewiesen, was sie leisten können, wenn sie wollen, auch auf ihnen ganz fernen Gebieten; sollen diese, dem weiblichen Naturell extremen Leistungen nun aber verallgemeinert werden, so möchte es in Zukunft nach Schiller variirt heißen:

„Wehe, wenn sie losgelassen,
Lernend ohne Widerstand!"

Da möchte sehr leicht bei der allgemeinen Dreistunden=arbeit und dem sorglosen Leben, ohne Nothwendigkeit der

Erlangung weiterer Kenntnisse, der Spieß umgedreht werden und zur Abwechselung mal die Wissenschaft den Frauen anheim= fallen. — Für sie ist die Sache neu und wird mit allem Eifer erfaßt. — Das wäre ganz hübsch, wenn mit diesem Austausch äußerer Thätigkeit auch die Geschlechter vertauscht werden könnten, und die Männer mal einige Jahrtausende sich in aufopfernder Weise wie bisher um die Bevölkerung der Erde verdient machen wollten. Also einfach — changement de la decoration; aber das geht nicht, weil die Natur es nicht zuläßt, und darum ist eben die ganze Sache in der jetzt ange= strebten Form unsinnig — verderblich und zum Glück unmög= lich, oder es ist der Anfang vom Ende. — Ja, ja, das Thun und Lassen dieser so über die Schulter angesehenen „sexus sequior" ist gar nicht so unbedeutend, wie man es gerne hin= stellen möchte.

Von den Frauen, und nur von ihnen allein, hängt das ganze Wohl und Wehe der Zukunft ab.

Bei der jetzt epidemisch grassirenden Emanzipationswuth halte ich es für bringend nothwendig, auf die Gefahren hin= zuweisen, die diese krankhafte Bewegung mit sich bringt. Eine Frau mag als Rednerin, als Advokatin, als Professorin Unerreichtes leisten; aber zugleich eine wahre Mutter sein — kann sie nicht.

Ein Hauptfehler steckt auch in der verkehrten, modernen Erziehung. — Alles mögliche wird den jungen Mädchen gelehrt und von ihnen gelernt, nur über ihre eigene Bestim= mung, über die größte That ihres Lebens — wenn sie mit Bewußtsein und Erzielung des Guten, Großen erzielt wird — bleiben sie in nächtlichem Dunkel. — Durch die Natur von selbst darauf hingewiesen, machen sie sich schließlich Vorstellun= gen, oft die tollsten und verdrehtesten, werden krank an Körper und Geist, und solche Frau soll dann plötzlich durch die bloße Aenderung ihres Namens befähigt werden, eine pflichttreue Gattin und Mutter zu sein! — Es ist ein Unsinn, so etwas zu verlangen. Weil aber nach dieser Methode verfahren wurde, darum liegen die Dinge so sehr im Argen. Es fällt kein Meister vom Himmel, und man würde sich schön hüten, einen kostbaren Marmorblock in die Hände eines Unwissenden, eines Stümpers, zur Formung eines Bildwerks zu geben. — Die moderne Erziehung aber begeht weit Schlimmeres, sie hat Schuld, daß die Kindesseele, das zarteste und kostbarste Material, der künftige Mensch — Tag an Tag den Händen von gänzlich Unwissenden überantwortet wird. Ja, sie hat es dahin gebracht, daß diese glücklich zu preisenden Geschöpfe die werthvollen, kleinen Geschenke als Last, als Ungerechtigkeit betrachten, ja, daß sie in thierischer Dummheit und Roheit gar oft bestrebt sind, das kleine Leben zu vernichten. — Wüßten sie, was es heißt, einem Menschen das Leben geben, — ahnten sie, wie sie es beginnen sollten, das kleine, hilflose Wesen von Anfang an richtig zu ihrer eignen Freude und zum Heil der Menschheit zu erziehen, — gar nie mehr käme solch Ungeheuerliches, Entsetzliches vor.

Allerdings, unter den jetzigen Umständen mag es gar manchem solcher armen Wesen besser sein, daß es nie geboren, als wenn es in lieblose, solcher Aufgabe nicht gewachsene und nicht unterrichtete Hände fällt.

Alles will gelernt sein, zu jedem anderen Beruf ist eine Art Examen erforderlich, nur die Mutter bleibt unwissend, ja, man verlangt von ihr Unwissenheit. Wäre nicht die Natur mit ihrer instinktiven Mutterliebe, so würde die moderne Gelehrsamkeit jetzt schon entsetzliche Zustände gezeitigt haben, und wohin hat dieselbe ohnehin schon geführt? — Zu der jetzigen Corrumpirtheit der Verhältnisse. — Nun soll wohl nach Bebel der Frau die Wissenschaft erschlossen, ihr gerade so gut wie dem Manne gestattet sein, zu lernen, sich auszubilden; aber die Kinder sollen fortan nicht mehr von ihr — sondern vom Staate, der Gesellschaft, erzogen werden. — Ich frage, was nützt der Frau dann noch das Wissen? Der Mann lernt für Fremde, — die Frau aber ist im Stande, ihr Wissen für ihr eigenes Fleisch und Blut verwerthen zu können. Was ist vorzuziehen, was ist größer? — Auf Viele sporadisch einzuwirken oder den festen Grundstein zu einem großen, ganzen Menschen zu legen? So viel Einfluß, wie eine wahre, liebevolle Mutter auf ihr geliebtes Kind ausübt, gewinnt kein Mann, trotz aller Beredsamkeit auf irgend einen Menschen und ganz gewiß nicht auf die Kinder. Deren kleine Leiden und Freuden liegen seinem Denken und Fühlen zu fern. Die Mutter aber begreift, versteht Alles und drückt der weichen Kindesseele ihren Stempel auf, der nicht mehr zu verwischen ist, für's ganze Leben. Da heißt's, wir Frauen seien von der Natur geschwächt, benachtheiligt! — So sieht's nur aus, weil wir uns unserer Macht nicht bewußt sind, unsere Kraft nicht kennen. — Wie heißt's doch: „Wäre das Schaf sich seiner körperlichen Kraft bewußt, so vermöchte kein Mensch dasselbe von der Stelle zu bringen!" — Es ist ein trivialer Vergleich, aber wir Frauen gleichen in der Ahnungs= losigkeit unserer Macht gar sehr den Schafen. Werden wir uns erst unserer Macht bewußt, so beherrschen wir die Welt ohne Professortitel und Stimmrecht. Die Natur theilt uns die Hauptaufgabe beim werdenden Menschen zu, dafür aber haben wir auch die stillschweigende Berechtigung, seinem Geiste die gehörige Form zu geben; thun wir das nicht, halten wir dies in grenzenloser Verblendung und Dummheit für zu gering, so sinken wir zum Thier hinab. Das klingt hart, und doch thun sehr viele Menschen nicht mehr wie dies. Die Natur heißt es sich paaren, es gebiert und es nährt und pflegt sein Junges — was braucht's da mehr! Warum sind wir denn Menschen, wozu haben wir denn Verstand! Ihr wollt eine neue Weltordnung, fühlt euch unglücklich, von den Männern verkannt, gedrückt, übervortheilt! Wer hat denn den Keim zu diesen Rücksichtslosigkeiten in die Kindesseele gelegt, anstatt sie mit tausend Fäden an sich zu ketten, daß sie ihr ganzes Leben nicht vergißt, die Mutter, das Weib sei das Höchste und Schönste, das es auf der Welt giebt. — Lernt, studirt, aber schlagt eure Rednerbühne in der Kinderstube auf, da findet ihr die aufmerksamsten und dankbarsten Zuhörer, und glaubet mir, die Befähigung, diesem kleinen Auditorium nutzbringend zu predigen, ist schwerer zu erlangen wie der Doktorhut und setzt vor Allem einen großen Schatz an Liebe voraus.

Oder zieht ihr es wirklich vor, die Menge zu lehren und eure Kinder fremden Händen zu überantworten! — Es ist eine Schmach, daß Bebel deutschen Frauen diese Zumuthung zu stellen wagt! — Aber noch kennen wir unsere höchsten, heiligsten Rechte! Bis heran wogte der Parteikampf fern ab, jetzt kommt man unserer Wagenburg, unseren Säuglingen, zu nahe, — da heißt's, mit streiten und zeigen, daß es noch alte Deutsche giebt, die ihr Liebstes muthig und wirksam zu vertheidigen wissen.

Meine ganze Ausführung schließen die Worte von Oelbermann ein:

„Das Weib soll nicht sich selber angehören,
An fremdes Schicksal ist sie fest gebunden,
Die aber ist die Beste, die sich Fremdes
Aneignen kann mit Wahl, an ihrem Herzen
Es trägt und pflegt mit Innigkeit und Liebe.
O Frauenmacht, wenn Du Dich recht verständest
Und nie begehrtest über Dich hinaus,
Den Herrscherstab im Geist der Stille fändest:
Wir wären besser, heil'ger wär' das Haus."